# ODE
# SUR LE MARIAGE
## DE
## MONSEIGNEUR
# *LE DAUPHIN.*

***Par M. SORET.***

## *A PARIS,*

De l'Imprimerie de C. F. SIMON, Fils, Imprimeur de la REINE,
& de Monseigneur l'Archevêque, ruë de la Parcheminerie.

1747.
*AVEC PERMISSION.*

# *ODE*

## SUR LE MARIAGE

### DE

### MONSEIGNEUR

## *LE DAUPHIN.*

U E m'importent du Parnasse
Les foibles Divinités ?
Muses, mon heureuse audace
Brillera sans vos clartés.
Mon Héros qui vous protége,
Me facilite & m'abrége
La science des accords ;
Et son auguste Princesse,
Mieux que vous, de mon yvresse,
Peut animer les transports.

CIEL ! que vois-je ! une Déeſſe
S'offre à mes regards émus !
Que d'attraits ! que de ſageſſe !
Eſt-ce Minerve , ou Venus ?
La Vertu qui la ſeconde ,
Du premier Trône du Monde
Lui trace le beau ſentier.
J'apperçois Jupiter même
La ceindre du Diadême
De ſon auguſte Héritier.

TON bonheur , ô Varſovie ,
Surpaſſe nos fiĉtions ;
Ta gloire confond l'envie
Et l'eſpoir des Nations.
Entend la voix de la France
De ton heureuſe alliance ,
Applaudir à ſes Héros.
Tu lui donnes , dans ſes Reines ,
Et la ſageſſe d'Athénes
Et les Graces de Paphos.

ILLUSTRES Epoux , la France
Attend aux pieds des Autels.
Venez donc , en ſa préſence ,
Former des nœuds immortels.
Déja , ſur votre paſſage ,
Le Mirthe croît à l'ombrage
Du laurier de nos Vainqueurs.
Accourez à ce ſpeĉtacle ,
Vos pas n'auront d'autre obſtacle
Que la foule de nos cœurs.

FRANÇOIS, de l'horrible guerre
Oubliés les maux preſſans.
LOUIS veut que ſon tonnerre
Reſpecte vos doux accens.
Il commande à la Victoire ;
Mais ce Roi ſçait que ſa gloire
Eſt de combler vos deſirs ;
Et les vœux de votre Maître
Sont que le bruit du ſalpêtre
N'annonce que vos plaiſirs.

CHERS Mânes de qui nos larmes
Inonderent le tombeau,
Voyez à ces jours d'allarmes
Succeder un jour ſi beau.
Partagez, digne Princeſſe,
Tant de tranſports d'allegreſſe
Que les Dieux ont conſacrés.
Votre perte fut amere ;
Mais la France vous eſt chere,
Et ſes maux ſont réparés.

QUELS nouveaux traits de lumiere
Frappent mes yeux éblouis ?
Venez, nouvelle héritiere
De la grandeur de LOUIS,
Venez contempler ce Trône ;
La ſplendeur qui l'environne
N'en eſt pas la Majeſté.
C'eſt à de hautes Maximes,
C'eſt à des Vertus ſublimes
Qu'il doit toute ſa beauté.

J'y vois un Monarque sage ;
Tel que la Divinité ,
Des Provinces qu'il ravage ,
Il veut la félicité.
Il réduit les Murs en poudre ,
Mais des succès de sa foudre
Cent fois son cœur a gémi ;
Et la gloire de ses Armes
Lui coûtera plus de larmes
Que de sang à l'ennemi.

⁂

QUELLE douceur , grande Reine ,
Respire dans tous vos traits !
Si Vous êtes souveraine ,
C'est sur-tout par les bienfaits.
Vous nous montrez qu'il est juste
Que le Sang le plus auguste
Rampe devant les Autels ;
Et que c'est par la Sagesse ,
Bien mieux que par la Noblesse ,
Qu'on régne sur les Mortels.

⁂

DANS une Cour sans rivale ,
Croissez , aimables Epoux ;
Et s'il est quelque intervale
Entre la Couronne & Vous ,
La Vertu , l'éclat suprême ,
Appuis de ce Diadême ,
Rendront vos jours triomphans.
Parmi des Têtes si cheres ,
Les grands exemples des Peres
Valent un Sceptre aux Enfans.

Tems précieux à l'Histoire !
Tems glorieux aux Saxons !
Ils font devenus la gloire,
Les délices des BOURBONS.
Le Grand, le fage MAURICE,
Du Sort fixant le caprice,
Illuftre nos étendards ;
Et ce nouvel Hymenée
Affure la deftinée
Du Génie & des beaux Arts.

Ton Roi, redoutable France,
Reproduira tes beaux jours.
Ton fang coule ; fa clémence
Veut en arrêter le cours.
Des biens d'une Paix folide
Son ame fans ceffe avide,
Trouve fes lauriers affreux.
Sa bonté toujours féconde,
Des débris fumans du Monde,
Penfe à tirer des heureux.

*F I N.*

Lû & approuvé. Ce 8. Février 1747.

Signé, CREBILLON.

Vû l'Approbation. Permis d'imprimer, à la charge d'enregistrement à la Chambre Syndicale, ce 8. Février 1747.

Signé, MARVILLE.

*Regiſtré ſur le Livre de la Communauté des Libraires & Imprimeurs de Paris, N. 3135. conformément aux Réglemens, & notamment à l'Arrêt du Conſeil du 10. Juillet 1745. A Paris le 10. Février 1747.*

Signé, CAVELIER, *Syndic.*

# L'ORACLE,

## OU

## LA SYBILLE

### DE FONTENOY,

## O D E.

### PAR LA SERVANTE DU CURÉ.

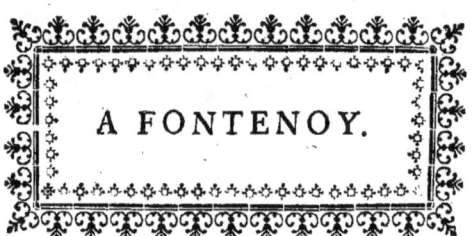

A FONTENOY.

M. DCC. XLV.

# LA SYBILLE
## DE
# FONTENOY,
## ODE.

E fuis-je pas auffi d'Eglife ?
Pourquoi mon filence profond
Enfevelit-il l'entreprife ,
Où tout le Clergé fe morfond ?
Du fein d'un facré Sanctuaire ,
Laiffant l'Etole & le Breviaire ,
Mon Maître au haut de l'Helicon,
Goûtera , pour le Grand Monarque ,
Qui fait tant moiffonner la Parque ,
Toutes les faveurs d'Apollon ?

Le Vicaire en rimes en aille
Chantera l'invincible bras ,
De ce Heros qui fur la paille
Paffe les nuits aux Pays bas !
Le Magifter dans fon Ecole
De ce grand Nom qui partout vôle ,
Fera retentir chaque mur ;
Et le bruit de fa voix tonnante
Portera partout l'épouvante
Jufqu'aux portes de Namur !

L'Enfant de Chœur perçant la nue
Au-deſſus des Heros Romains,
Aſſignera la Place duë
Au Triomphateur des Germains !
L'incommode ſonneur de Cloche ,
Ainſi que ſur l'illuſtre Roche ,
Où l'on éterniſe un Grand Roy ,
Du faîte d'un Clocher ſuperbe
Chantera l'Anglois deſſus l'herbe
Dans la Plaine de Fontenoy !

Pour dire l'Exploit héroïque ,
Où l'on connoît le Sang Bourbon ,
Le Marguiller de ſon Portique
Fera le Trône d'Apollon !
Quoi ! tout ce que l'Egliſe enferre
Suivra l'exemple de Voltaire ;
Et parmi mes dons enfoüis ,
Moi , du vieux Curé la Servante ,
Je ſerai triſte & languiſſante ,
Sans oſer parler de LOUIS !

Je ſuis avec lui , quand l'Aurore
Dévoile la voûte des Cieux ;
Dans le jour , quand l'Amour à Flore
Enflâme le cœur & les yeux ;
Le ſoir , quand l'aſtre de lumiere
A fini ſa longue carriere ,
Je n'abandonne point ſes pas ;
Tout eſt renverſé dans la Cure ,
Si je n'en regle la meſure ;
Rien n'eſt bon , s'il ne me plaît pas !

Je dixme le foin dans les Granges ;
J'ordonne les enterremens ;
Je regle l'heure des Louanges
Du suprême Dieu des vivans ;
Le Bedeau, le Maître d'Ecole
Obéïſſent à ma parole ,
Tout craint mes regards de travers ;
Je ferai tout dans le Village ,
Et je n'aurai pas l'avantage
De faire pour LOUIS des Vers !

Lorſque tout le Clergé célebre
La Bataille de Fontenoy
Depuis l'Eſcaut juſqu'à l'Ebre ;
Je ne la chanterai pas , moi !
Lorſqu'encor la Paroiſſe entiere
Avec la trompete guerriere
Relevera le nom François ,
En faveur d'un Prince que j'aime ,
Je ne chanterai pas moi-même ,
Le plus grand de tous les exploits !

Sur un Trepié de ma Cuiſine
Je veux apprendre à l'Univers ,
Que c'eſt la voix de Jacqueline
Qui doit chanter LOUIS en Vers.
Comme ce Roy fait des miracles ,
Je veux qu'on laiſſe à mes Oracles
L'honneur d'en publier l'éclat.
Toutes les vapeurs de ma bile
En moi forment une Sybile
Qui célébrera ſon combat.

Jaloufe de ce Diadême ,
Qui rend illuftres les V A L O I S ,
Londres , tu fouhaittois , toi-même
Cette gloire pour tes Anglois ;
Mais contre l'Empire de Rome
Quel fût jadis un vain phantôme
De ferocité de grandeur ?
Carthage défaite , abaiffée ,
Vit fa muraille renverfée
Par le bras d'un plus fort Vainqueur.

✳❈✳

Afin d'éviter la ruine
De ces audacieux remparts ;
Remplis de la force divine ,
Tant de Bellone que de Mars ;
Tu tentes le fort des Batailles ,
Mais ne fçais tu pas que Verfailles
Eft le féjour de la valeur ?
Que c'eft de là que part la foudre
Qui reduira l'Autriche en poudre
Sous les débris de ta grandeur.

✳❈✳

Tu voulois avec l'arrogance
De quatre Peuples réunis
Vaincre le Monarque de France
Et ternir la gloire des Lys.
Quelle étoit cette audace vaine
Qui te fit ranger dans la plaine
Pour y défaire les François !
Il ne leur falloit qu'une tête.
Une eût fuffi pour ta défaite,
Et pour une ils en avoient trois.

✳❈✳

Le Roy qui de ſon rang Suprême
Se dépoüillant pour ſes Soldats ,
Comme un ſimple Soldat , lui-même
Tente le hazard du trépas ;
Le Dauphin , Fils d'un digne Pere ;
Dont il a la valeur guerriere ,
Dont il ſuit la trace & la loy ;
Et ce Saxon , cet Homme illuſtre
Qui vivra juſqu'au dernier luſtre
Qui parlera de Fontenoy.

Avec ces trois célebres Têtes
Combien de Guerriers pleins d'ardeur
Affrontérent & les tempêtes ,
Et les efforts de ta fureur ?
Tu tins la Victoire en balance ,
Mais tout cede aux Heros de France.
Du Roy , juſqu'aux Grands de ſa Cour ,
Du Soldat , juſqu'au Capitaine ,
Tout , quand tu fuïois hors d'haleine ,
Devînt Alcide au même jour.

Borne à Barry ton entrepriſe ,
Et ne reviens plus ſur les rangs.
L'Eſcaut a vu que la Tamiſe
N'a pas de Heros aſſez grands.
Avec l'Elbe la Seine enfante
Les vrais Conquérans que l'on chante.
Jadis du Tibre ils ſont ſortis.
Mais dans les Ceſars d'Italie
Rome n'eſt point enſevelie ,
Rome vit encor dans Paris.

Ne refifte plus au tonnere ,
Qui fait brêche à tant de remparts.
Confens à la paix de la terre.
Cherche à plier tes étendars ,
Il n'eft point de muraille en Flandre
Que LOUIS ne réduife en cendre :
Tes plus grands efforts feront vains.
Fuffe tu , pour rompre fa courfe ,
Jointe même aux peuples de l'Ourfe ,
A leurs plus feroces voifins ?

L'Aigle avec fa fierté guerriere
Ne vôlera plus dans les Cieux ,
Il eft au bout de la carriere
Qui va le cacher à nos yeux.
Tout fur la terre eft variable ,
Et fous le Soleil rien n'eft ftable.
Le Lys doit couvrir l'Univers ,
Et de l'Aigle prendre la place.
Si l'Aigle avoit eu moins d'audace ,
Il fendroit encore les airs.

Ce n'eft qu'en Servante de Prêtre
Que je fais entendre ma vöix ,
A force d'être avec fon maître
On apprend à faire des loix ,
On acquiert le droit de tout dire ,
De tout faire & de tout écrire ;
Et comme au rang des beaux efprits
Le Roy met toute ma Province ,
Il mé rend Sybile : & ce Prince
Fait feul & ma gloire & mon prix.

### FIN.